AF136666

Souffle celte

Alvyane Kermoal

Souffle celte

Recueil de nouvelles

© 2023 Alvyane Kermoal

Édition : BoD – Books on Demand, info@bod.fr
Impression : BoD – Books on Demand, In de Tarpen 42,
Norderstedt (Allemagne)

Impression à la demande

Illustration : Alvyane Kermoal

ISBN : **978-2-3224-7235-2**
Dépôt légal : Mai 2023

Pour Josette, Clarisse, Papy et tous ceux, si nombreux, qui m'ont offert leur amitié à Guémené-sur-Scorff.

Table des matières

Breizh, ma bro

Il y a des jours où je ne sais plus du tout qui je suis, ni d'où je viens. Malgré tous les lieux que j'ai visités, aucun ne m'a enracinée. Tant d'endroits où l'histoire a pris son envol, pour ouvrir la fenêtre de ma curiosité. Être tortue m'aurait bien plu, car je ne rêve que de liberté. Une maison sur le dos et j'aurais tout visité. Le monde aurait été foulé de mes pieds.

J'ai multiples voyages à faire et rencontres à découvrir. L'homme aux mains abîmées par le travail, la femme aux yeux fatigués de trop broder, l'enfant qui joue près de l'océan. Ils sont tous là, à m'ouvrir le livre de leurs existences et peut-être de leurs pénitences.

J'étouffe dans ce modèle que l'on veut m'imposer. Sans racine, à n'en pas douter, c'est pourtant en Bretagne que je me suis arrêtée. Pays de voyageurs assoiffés qui chantent les embruns autant que les femmes endeuillées. La puissance des vents m'a parfois effrayée et fait rire ceux qui se gaussent du fait qu'ici, je ne suis point née. C'est une terre que j'aime malgré tout, que je respecte en son tout. La brume du matin qui berce les champs, comme si elle voulait les protéger d'étranges géants.

Ceux qui battent des ailes et ne s'envolent pourtant jamais. Ils font des efforts sur leur pied unique, mais il semblerait que rien ne puisse leur permettre de quitter les lieux. Les rayons du soleil réchauffent l'atmosphère, trouent les nuages qui n'ont pas été très sages. Le vent s'amuse à souffler sur eux et les fait voltiger jusqu'aux rivages.

Rester des heures sans bouger, je le pourrais, de peur qu'une merveille, si je me détourne, puisse m'échapper. Un chevreuil qui se promène dans le champ qui s'éveille, dévoilant sa beauté et sa noblesse à l'enfant que je redeviens en l'observant. Une chouette qui hulule et s'envole pour passer au plus bas au-dessus de ma tête, protectrice de mes rêves. Un lièvre qui, au moment où je vais appuyer sur le déclencheur de mon appareil photo, me fait trébucher de surprise en apparaissant tout de go. Tant de choses, tant de douceurs que j'ai besoin de vivre pour me sentir connectée à la Terre de ceux qui vivaient là.

La forêt qui m'entoure est ma protectrice et le respect que je lui porte devrait lui être donné par chaque humain. Chaque arbre, chaque plante, chaque fleur exprime son amour de l'instant, la complicité qu'ils ont les uns envers les autres, que ce soit dans la vie ou la mort. Ils sont nos parents, tout autant que la biche qui se cache dans les bosquets pour fuir le chasseur. J'aime à croire que mes racines sont là et non pas dans un pays plus qu'un autre. Je ne peux concevoir qu'une frontière soit faiseuse de paria. Je suis une « cent racines », cela va de soi.

Les dolmens se dressent devant moi, me racontant leurs contes, plein d'effroi pour certains. Ils sont ici depuis si longtemps qu'il nous serait impossible de les déloger de leurs habitats. Ils sont brûlants sous mes doigts, répondent à mes prières par leur silence. Ils murmurent aux amoureux, chuchotent la venue de l'enfant à naître. Puis, soudain, à la nuit tombée, ils se transforment et prennent froid pour devenir amants éternellement maudits.

Ma Bretagne est celle-là, pleine d'ombres et de lumières à la fois, de colères et de joies, de combats et de sagesse. Où que j'aille elle est là, avec ses valeurs d'autrefois, avec ses sourires narquois, son sarcasme sans fin. Elle est en moi.

L'expatrié

Revenir, encore et toujours. Au fond de lui, un besoin intense de retrouver ses racines, ses ancêtres, ses valeurs, sa maîtresse. Il a voyagé, découvert tous les pays du monde, des plus froids aux plus brûlants, des plus riches aux plus pauvres. Les peuples l'ont fasciné par leurs cultures si différentes de la sienne et parfois si similaires. Malgré tout cela, c'est plus fort que lui. Il faut qu'il revienne ici, à n'importe quel prix.

Il se demande s'il ne devait pas poser bagages... définitivement. Ses ancêtres, des générations de marins malouins qui l'habitent totalement, lui ont envoyé des marées d'adrénaline, lui ont insufflé la soif du départ sur la mer déchaînée. Jeune et pourtant tellement vieux, il en vient à se demander s'il n'est pas parti trop loin, trop longtemps. Et il est là, tout simplement. Il observe. Inlassablement. Et l'amertume le guette, s'insinue en lui, sa ville n'existe plus.

Où sont passées les épiceries cachées par les remparts ? Que sont devenus les anciens, où sont-ils partis ? L'âme des marins a-t-elle quitté la cité ? Il voudrait que disparaissent les magasins pour touristes et retrouver les visages burinés de ces hommes qui ont fait l'histoire et la culture de Saint-Malo. La cité corsaire était alors un havre de paix, une halte où il faisait bon vivre. On revenait après avoir passé des mois en mer avec l'envie de boire, s'amuser, retrouver ses belles et sa famille. Heureux de fêter le simple.

Il fixe le large du haut de ces remparts qu'il connaît par cœur et éclate de joie intérieurement, en apercevant le Renard rentrer au port. Un Breton ne montre pas ce qu'il ressent, il est aussi fort que le granit, aussi simple et puissant. On peut s'appuyer sur lui, jamais il ne s'écroule. Une brèche peut parfois apparaître dans son cœur, mais il ne la laisse pas détruire ce qu'il est. Le navire s'avance majestueusement, fier et noble. Il profite de la marée montante pour rentrer. Lentement, il replie ses ailes et ne fait plus apparaître qu'un fin squelette gracile.

L'homme plisse les yeux, un étrange sourire aux lèvres. L'air du large l'appelle.

Mille souvenirs lui reviennent. Une grand-mère qui promène son petit dans les rues pavées. Le crachin parsème le visage de l'un et de l'autre. Un sourire complice les lie à jamais. Elle a le regard gris anthracite, les mains rugueuses de la femme qui a travaillé toute sa vie, le cœur impénétrable d'avoir perdu un père au large, puis un frère et un mari. La fatalité lui fait présumer le même destin pour son fils. Pas la moindre trace d'amertume en cette femme, juste un calme reposant. Le gamin est tout tendre encore, mais déjà marqué par la difficile vie qui se profile, il apprend à ne rien montrer. On ne pleure pas ici, on se bat.

D'autres vieilles sont là, assises à discuter. Elles les saluent. L'odeur obsédante de la maîtresse de leurs hommes ne semble pas les déranger. Ne fait-elle pas partie intégrante de leur quotidien ? Iodée et forte, elle rappelle à qui le veut qu'elle seule a le pouvoir de rendre ou non ses amants. Elle nargue par sa puissance et sa beauté ces femmes qui prient pour que reviennent les leurs. Son parfum à nul autre pareil marque l'esprit à tout jamais. Le gamin qu'il était alors ne savait pas qu'il aurait besoin de se remémorer cet instant pour se sentir revivre. Loin d'elle, il ne se sent plus rien. Il ferme les yeux de contentement.

Il refuse de perdre son identité, celle de son peuple, Malouin sûrement, Breton peut-être, Français s'il en reste.

Il continue son chemin, descend les remparts pour retrouver la rue sans soif. Son nom n'a plus de sens. Il avait vécu plus d'une cuite avec ses compagnons d'infortune, en tournées qui n'en finissaient plus. Folies de gamins qui voulaient se prouver qu'ils étaient des hommes. Leur voie croisait celle de ceux qui repartaient au large le lendemain. Mais les troquets ont disparu. Inexorablement, ils ont laissé place aux enseignes modernes qui vous promettent du rêve venu de la lointaine Chine.

Les fantômes du passé n'habitent plus les lieux. Ils ont fui avec les anciens, refusant de voir leurs âmes souillées par ce souffle de modernité qui détruit tout sur son passage, lorsqu'il est mal utilisé.

Son regard se porte sur sa fille. Elle n'a guère plus d'un an. Comment lui transmettre les valeurs qu'on lui a inculquées dans ce drôle de monde qui se perd ? Il sourit. La petite semble si fragile et pourtant son caractère s'affirme déjà. Ses yeux gris plongent dans ceux de son père et à son tour, un sourire apparaît sur la frimousse ronde. Quatre minuscules perles d'ivoire apparaissent. L'enfant n'entendra sans doute jamais son père lui dire qu'il l'aime, mais a-t-on besoin d'entendre pour savoir ? Il lui apprendra tous les coins où pêcher, lui racontera l'histoire de la tour Solidor, des bas sablons, lui apprendra à se défendre, à se battre sans concession. Que l'on soit fille ou gars, on se doit de ne jamais se laisser écraser par les autres. Il lui apprendra la fierté et l'honneur.

La petite main s'accroche à son père qui la porte avec douceur et fermeté. On lit la confiance sur le visage rond alors qu'elle pose sa tête sur son épaule. Il la serre tendrement contre lui, la protégeant de ses larges mains. Jamais on ne touchera à son enfant, il sera le gardien de ses rêves et de son avenir.

Oui, l'expatrié lui apprendra à être fière de ce qu'elle est, de ses racines, à ne jamais les oublier, pour que renaisse avec plus de vigueur leur cité. Ils reviennent dans leur pays, déterminés à le faire revivre dans leurs entrailles. Il est temps de s'enraciner de nouveau.

La galette de blé noir

Je me souviens, il y a longtemps de cela, d'une femme aux hanches rondes et au visage griffé par les années de durs labeurs. Ses cheveux poivre et sel étaient nattés et tombaient sur sa poitrine protégée par un tablier de lin brut. Vous savez, ce genre de tablier qui sert à tout.

Essuyer les larmes des petites filles tombées dans le chemin qui mène à la maison, cacher les mains tremblantes d'émotions lorsque le mari rentre après un long temps en mer. Un tablier dont on se souvient encore quarante ans après.

Il fait chaud et doux dans cette cuisine. Ma grand-mère sort tout ce dont elle a besoin pour cuisiner. Je me mets sur la pointe des pieds pour lire sur le paquet qu'elle vient de poser sur la table : Farine de blé noir. C'est bizarre parce que, selon mamé, cela n'existe pas la farine de blé noir. Cette farine est sans doute magique.

Elle a aussi sorti du beurre salé bien de chez nous et du cidre brut que papé a débouché avant de partir.

– Dis mamé, tu vas en faire beaucoup, des crêpes ?

La gourmandise emplit mon regard d'étoiles. Moi, j'aime les crêpes.— Non, petite ! Ce ne sont pas des crêpes, mais des galettes. Ce n'est pas la même chose, ni la même préparation. Pas d'œuf dans nos galettes, ma chérie.

Je la vois mettre de la farine dans la jatte et faire un puits au milieu. Ma grand-mère me sourit et s'avance vers la gazinière. Elle ne veut pas que je m'approche, elle dit que je suis trop petite pour venir l'aider. Je la vois mettre un gros morceau de beurre salé dans une casserole en or. Mamé dit que c'est du cuivre, mais je sais bien, moi, que c'est de l'or de farfadets et qu'elle ne veut pas que ça se sache.

Avec une cuillère en bois, elle remue le beurre pour qu'il n'attache pas et surtout qu'il ne devienne pas roux. Elle éteint alors le gaz et me dit :

— Tu vois la bouteille d'eau ? Et bien

tu vas la verser doucement dans le puits de farine pendant que je vais remuer et ajouter le beurre fondu.

Fière de ma mission, je l'aide de mon mieux. La pâte se forme doucement. Elle est belle, toute grise et lisse. Mamé fait de grands mouvements avec sa cuillère en bois pour qu'il n'y ait aucun grumeau dans la pâte. Mais me voici déçue, car c'est déjà fini. Grand-mère ne veut pas faire cuire les galettes tout de suite. J'en taperais presque du pied, tant je voudrais déjà me régaler.

– Non petite, n'oublie jamais qu'un bon plat se prépare lentement.

Je n'ai jamais oublié d'ailleurs.

Mamé prend la jatte et la met en hauteur pour que « Caïn », son chat, n'y mette pas les pattes. Au même instant, on entend papé et papa rentrer de la pêche aux bigorneaux. Oubliant ma déception, je vais les rejoindre, accompagnée de grand-mère.

Dans l'âtre de la grande cheminée brûle une énorme bûche. Maman donne à manger à ma petite sœur, encore trop petite pour aider dans la cuisine. Je fais soudain la moue ; Mais pas trop petite pour manger des galettes.

Pendant une demi-heure, papé raconte à mamé qui ils ont vu sur la plage avec papa, lorsque soudain, elle se lève et me fait signe de l'accompagner. Je la suis toute contente : le moment est venu de cuire les galettes.

Elle remet tranquillement son tablier, allume le gaz et pose dessus une lourde poêle en fonte. Je la vois sortir une pomme de terre qu'elle coupe en deux et met dans un bol d'huile. Ma grand-mère la pique sur une fourchette. Quelle drôle d'idée !

Elle attrape la jatte, la pose sur la table, prend un fouet et la bouteille de cidre brut que papé avait ouvert avant de partir à la pêche. Elle verse le cidre dans la pâte et fouette énergiquement. Mon regard va vers ma grand-mère qui me fait un clin d'œil.

– Petite, c'est bien meilleur avec du cidre qu'avec de la bière.

Je veux bien la croire, moi ; du haut de mes sept ans, je n'aime pas la bière. Elle termine, prend une louche et la met dans la pâte. Mamé saisi la fourchette avec la pomme de terre, la plonge dans l'huile et la passe délicatement sur la poêle. Ça crépite, c'est drôle. Puis elle prend une pleine louche qu'elle verse uniformément sur la crêpière. Mes yeux s'illuminent. Je suis impatiente.

– Tu vois petite, la première, on dit toujours qu'elle est pour le chien car rarement réussie. Et une galette ne cuit que sur un seul côté, pas les deux comme la crêpe.

Je fais un signe d'approbation de la tête, même si je ne suis pas certaine de me souvenir de ce qu'elle me dit. Je sais seulement que mamé n'a pas de chien et je me dis que la première galette sera pour moi, avec un peu de sucre.

Pour les autres, grand-mère a préparé du jambon, des œufs frais et du gruyère qu'elle mettra à cuire directement sur la galette, avec comme boisson du cidre ou un chouchen.

Et devinez quoi ! J'ai eu la galette ratée et je suis certaine qu'en fait, c'était la meilleure de la fournée !

Le Kig-ha-Farz

Connaissez-vous la recette du Kig-ha-Farz (viande et Far) ?

Non ? Comment ça ? C'est un plat typique de la Basse-Bretagne.

Imaginez-vous au milieu d'une immense cuisine à l'ambiance chaude, par ses couleurs et par les rires provenant de l'extérieur. Zut ! Ce n'est pas juste. Pendant que j'épluche le navet, les carottes et les oignons, j'entends les verres qui s'entrechoquent. C'est sûr : on va encore m'oublier et il n'y aura plus de Chouchen pour moi.

Un grand gaillard, ami de toujours, arrive avec une énorme cocotte dans laquelle je dois verser l'eau. Bon... on pourrait mettre de l'eau de mer, mais le vent souffle et le ciel se drape du gris de la rébellion.

La viande ? Un demi-jarret de porc (du pays, de préférence; faisons les choses dans les règles), un bon morceau de lard, ainsi que du bœuf. Tout cela va mijoter une heure. Je connais bien l'odeur qui va se répandre dans les différentes pièces et réchauffer l'atmosphère douce et tranquille. Après la viande, j'ajoute les légumes. Un homme passe derrière moi et me met une claque sur les fesses.

– Chérie, tu as oublié le chou !

Oups, désolée ! Allez, hop ! Je l'ajoute. Il me faut maintenant préparer le Farz. Ah, petite précision, il s'agit d'un mot breton. En français cela se dit Far. Je souris et commence à le préparer. J'adore jouer avec la farine et les œufs, les mélangeant presque avec amour – presque, il ne faut pas pousser quand même – J'y ajoute un peu de lait (Arg ! C'est du lait normand. Chuuuut ! On fera comme si !). Heureusement, cette fois je n'ai pas oublié de mettre le sel (de Guérande. C'est le meilleur, niark niark niark!) dans le lait.

Le vent souffle toujours aussi fort, mais les rires et la bonne humeur qui caractérisent les Bretons ont bien plus de vie et de puissance. Avec un petit sourire, alors que mon fils entre dans la caverne aux délices, je fais fondre le beurre et le saindoux. Je l'ajoute délicatement à la pâte pour que celle-ci prenne une belle consistance et une couleur d'or pâle.

– Maman ! Ça sent vraiment bon. On mange bientôt ?

Je ris en secouant la tête négativement. Les bons petits plats se font avec lenteur. Ils mijotent, ils frissonnent, ils bouillonnent. Les aliments s'apprivoisent. Je prends alors le pot de crème fraîche. Humm ! 250 g cela ira. Et hop ! Je l'incorpore à la pâte. La douce senteur qui envahit la cuisine attire les gourmands. Je vois trois têtes passer la porte.

– C'est bientôt prêt ?

– Une minute les garçons ! Il faut le temps !

Je prends alors mon sac fait de toile de drap pour y glisser ma préparation. Une fois ficelé solidement, je le plonge dans la cocotte où cuisent la viande et les légumes.

Lors des deux heures de cuisson, je rejoins ma famille et mes amis pour faire la fête. Dehors, le vent souffle toujours. Lorsque ce sera cuit, je déferai le sac, trancherai le Farz et nous dégusterons notre Kig-ha-Farz.

Nous serons tous rassemblés autour de cette grande table dans la chaleur de nos rires et de nos cœurs, n'oubliant jamais que nous avons la chance d'être ensemble malgré nos différends, nos colères et nos peurs. Nous laissons toujours une place avec une assiette et des couverts au cas où quelqu'un viendrait à passer par le plus grand des hasards. Vous, peut-être ?

L'indomptable

Le chemin est escarpé, les pierres roulent sous ses pieds à chaque pas. Les rafales rendent l'ascension difficile, mais la jeune femme s'en fiche. Son souhait : rejoindre le haut de la falaise, là où s'arrête la terre. Son sang n'est plus que lave en fusion. L'impatience se lit sur son visage. Elle resserre les pans de son châle autour des épaules et, le dos voûté, continue bravement son chemin.

La tempête fait rage. On entend les vagues s'écraser sur les rochers. Qui sortira victorieuse de cet étrange combat ? La mer ou la terre ? La jeune femme relève la tête et laisse apparaître un petit sourire triomphant. Le phare de Saint-Mathieu se dresse devant elle. Les moines de l'abbaye sont en train de prier leur Dieu. Elle, elle vient braver « sa mère » pour qu'elle ne lui prenne pas celui pour qui bat son cœur. Avec courage, elle continue. Les rafales prennent de la puissance, comme pour lui barrer le chemin. Elle pense qu'elle va s'envoler dans les cieux tourmentés.

Récompense ultime, alors que le phare montre le chemin pour entrer dans le goulet de Brest, elle se dresse face à la mer en furie, droite et fière.

Campée sur ses jambes, elle écarte les bras laissant s'envoler son miteux châle de laine. Du haut de ses vingt ans, elle affronte les éléments déchaînés. Sa chevelure s'échappe de toute part, se plaque sur son visage. Elle a beau la repousser, c'est en vain. Ne faire qu'un avec le souffle violent de son frère le vent, puiser en lui la force d'attendre son promis. La jeune femme se sent bien, puissante, libre, sauvage. Son rire se perd dans les rafales pendant qu'elle admire la mer déchaînée. Les creux se forment avec violence. Le ciel et l'océan se confondent. Rien ne lui permet de distinguer les navires au loin. Seul le faisceau lumineux se fraye un chemin entre eux. Le noir des nuages lui semble d'une beauté sans pareille. Ne sont-ils pas le reflet du caractère entier des Bretons ?

Au sommet de la falaise, elle se sent toute petite. A tout moment « sa mère » pourrait ne plus la protéger et la faire s'écraser sur les rochers, la déchiqueter. Malgré tout, elle lui fait confiance, comme le nouveau-né blotti contre le sein rassurant de sa mère. La jeune femme ne peut détacher son regard des hautes lames se fracassant sur les écueils. Celles-ci donnent un visage nouveau à cette côte qu'elles ont plus d'une fois sculptée pour la rendre tortueuse et agressive. La jeune femme reste immobile, comme enracinée. Sa robe de lin colle à son corps telle une seconde peau. On devine la fermeté de celui-ci. Ses seins ronds pointent fièrement alors qu'elle rejette sa tête en arrière en un geste d'abandon total. Son cœur bat furieusement, il veut sortir de sa poitrine pour connaître de plus grands émois.

Soudain, elle éclate de rire, d'un rire proche de la folie, grisée par ce déferlement d'émotions que lui offre ce paysage chaotique. Elle ne fait plus qu'un avec la terre, la mer et le vent. Il ne faut pas que cela se termine, car elle puise en eux son espoir et son envie de vivre. Elle sent la pluie lui piquer les joues et avec une joie enfantine, glisse sa langue sur ses lèvres. Le sel des embruns a une saveur divine, ravivant en elle le souvenir de ses jeux d'enfant. Son père parti un matin pour ne plus jamais quitter sa maîtresse, ne plus jamais leur être rendu… À cet instant, ses yeux s'accrochent sur l'horizon et se posent sur ce qui lui semble être un navire.

Elle mord sa lèvre inférieure. La force de la mer monte en puissance… Des trombes d'eau tombent sur elle, ses larmes coulent alors qu'elle tend un poing rageur vers les cieux en hurlant.

– « Mère », je t'interdis de me le prendre !

Sa douleur et sa frayeur fuient son corps. L'indomptée reste fière, alors qu'il lui semble entendre un rire cynique dans les bourrasques.

Le Terre-Neuva

La tempête fait rage. Le ciel a pris les couleurs sombres de l'enfer. Judicaël s'accroche comme il peut sous les roulis de la furie qui voudrait avaler le pléven d'une seule bouchée, comme lui-même avalait les craquelins de sa mère. On ramène les voiles pour qu'elles ne se déchirent pas. Un vent assourdissant siffle avec force. Judicaël connaît les manœuvres par cœur. Il anticipe et prie.

Les hurlements du pacha parviennent difficilement à l'équipage. Il faut tenir, quel qu'en soit le prix, protéger le fruit de leur labeur qui se trouve dans les cales. Il faut se battre, ne rien perdre. Judicaël jure, il ne veut pas qu'une lame annihile leur travail. Il regarde la mer et soudain, l'interpelle.

– Rien ! Tu entends ! Tu n'auras rien ! Nous n'avons pas enduré les poux, la vermine dans nos cageots humides pour tout te laisser ! On tiendra... tu n'auras rien, foi de marin !

La tempête redouble d'effort. Elle ricane, se moque de lui. Comment ce petit homme peut-il imaginer un seul instant se montrer plus fort qu'elle ? D'une simple vague, elle pourrait lui montrer sa puissance et il ne pourrait rien y faire. Le marin l'entend, il sait qu'il a été présomptueux, qu'il n'aurait pas dû la défier ainsi. Mais sa hargne le maintient en vie, lui apporte le courage de continuer, de ne pas abandonner.

Ses compagnons et lui prennent la mer pour chasser les bancs de morues, risquant leur vie pour gagner de quoi nourrir la femme et les petits qui les attendent à terre. Mais la mer est une maîtresse dangereuse, imprévisible. Elle peut être douce et tendre, vous offrir sur un plateau d'argent le miel à la bouche. Puis, sans trop savoir pourquoi, quelques heures plus tard, se montrer facétieuse, colérique, vindicative. Son ricanement met les nerfs de Judicaël à fleur de peau, alors qu'il tire avec force les cordages.

Il ne voit pas venir la lame déstabilisatrice. Sa force l'entraîne rouler sur le pont et cogner le bastingage. Un crac sinistre accompagné d'une douleur aiguë résonne dans sa tête. Sa jambe ne semble plus vouloir lui obéir.

Il ne peut hurler. Il parvient difficilement à prendre un peu d'air. Sa maîtresse de toujours a décidé de lui montrer qu'il n'est qu'un jouet, son insignifiant jouet. Le marin croit entendre des cris. Il tend les mains vers ces sons étouffés. L'eau est partout : dans ses oreilles, sa bouche. Elle l'enveloppe, il n'y a plus de haut, ni de bas. Le ciel a disparu, ne reste que l'eau. Impossible de respirer, elle le submerge.

Il se laisse porter par « Elle ». Il n'a plus de force. Ses vêtements lui font l'effet d'une ancre qui l'envoie par le fond. Elle l'enveloppe un peu plus, avec tendresse, avec amour, ne voulant pas le voir partir.

Le froid s'estompe doucement. Un sourire apparaît lentement sur ses lèvres bleuies. Ses yeux fixent un point, alors que la silhouette de sa douce épouse Jeanne se dessine devant lui. Sa longue chevelure châtain forme une auréole autour du doux ovale de son visage.

Elle tend sa main gracile vers lui. Son regard est si triste. Il veut sentir sa chaleur, il veut la rejoindre, l'étreindre, mais « 'Autre » le retient. Ses yeux se ferment. Le calme l'envahit avant qu'il ne s'endorme sereinement.

Il ouvre de nouveau les yeux pour voir une dernière fois son fils. L'enfant lui fait signe.

– Adieu mon fils. Aime ta mère pour moi. Je ne peux rien contre cette « Autre ». Elle a gagné et me gardera à jamais dans ses bras.

Ces dernières pensées l'entraînent inexorablement vers un sommeil éternel. À la surface, le calme revient pendant qu'apparaissent les premiers rayons d'un soleil rassurant.

Le lien

Le vent du Nord entrait dans les terres, faisant battre les oriflammes dressées sur les remparts de la cité corsaire. Son souffle était violent, glacial en ce mois de janvier. À vrai dire, cela lui importait peu. Elle scrutait le firmament, ne se souciant ni des lieux qui l'entouraient, ni des âmes qui pourraient l'aborder. Son cœur l'attendait, vibrait, tressautait, accélérait à la seule pensée de l'apercevoir.

Les embruns fouettaient l'ovale parfait de son visage tendre tandis que son épaisse chevelure rousse battait, tel le pavillon pirate que l'on craint sur les hautes mers. Elle se mit sur la pointe des pieds, s'appuya sur le granit des remparts, son regard d'un vert profond perdu vers l'horizon. Tout le monde la connaissait, ce qui lui conférait le droit de monter sur le chemin de ronde. Un petit privilège qui ne parvenait cependant pas à calmer la peur qui l'habitait.

Combien il était difficile de l'attendre ! De ne pas voir le majestueux gréement entrer dans le port ! Rentrerait-il de ses combats ou serait-elle veuve à vingt ans à peine ?

Elle secoua la tête d'un geste vif, ne

voulant pas penser à cette éventualité. C'est certain : il rentrerait. Elle avait prié pour ça. Lentement, tel un pantin de bois, elle avançait pas à pas, les joues rosies par le froid, accentuant la beauté de sa peau de soie. Avec assurance, elle descendit les marches pour rejoindre la foule et le joyeux brouhaha. La cité était en effervescence. Des navires étaient revenus de terribles batailles, les cales remplies ras la gueule de soieries, de bijoux et d'or, ainsi que de victuailles. Les temps étaient difficiles. Chaque bataille gagnée face aux Anglais était à fêter, les lendemains demeurant pour le moins incertains.

La jeune Malouine fixait, sans vraiment les voir, les femmes de petite vertu. Celles-ci ricanaient de façon triviale, collant leur bas-ventre à celui de matelots en mal de libations charnelles. Elle ne pouvait s'empêcher de retenir un sourire à la vue de leurs jeux impudiques. Que penseraient les nobles dames de ces gestes indécents, alors qu'elles-mêmes se cachaient derrière de faux semblants pour faire pire et pour plus d'argent ? Jamais elles ne se mélangeraient à ces hommes sales, les pelisses couvertes de rhum et dont les rires gras écorcheraient leurs délicates oreilles.

Le dégoût s'accrocha au cœur de la jeune femme à la vue du sourire lubrique – bien qu'un peu édenté – d'un homme appuyé lourdement sur sa hallebarde. Il ne lui restait que quelques dents gâtées et noires. Il s'agissait d'un des gardes postés devant les lourdes portes de la cité. Ce soir, il laissera la place aux chiens affamés de la Tour du Guet, quand chacun s'enfermera chez soi, au bruit des portes que l'on scelle pour la nuit. Un frisson de frayeur la traversa au souvenir du matelot imprudent qui sortit de son auberge et fut dévoré par les féroces gardiens, quelques jours plus tôt.

Ses pas la conduisirent vers le port… Un petit sourire tendre étira soudain ses lèvres pulpeuses, illuminant le ciel de sa propre lumière. Sa main délicate se porta alors à son cou pour effleurer le lien d'amour qui l'unissait au capitaine qu'elle attendait. Une petite clochette ciselée en argent.

Un lien doux et fort qui malgré les longues distances, la rage des combats, les dangers de la mer en colère, ne pourrait jamais se défaire. C'était tout bonnement impensable ! Alors qu'elle était venue au monde dans un berceau empli de paille, fille de tavernier-pirate en cavale, son capitaine avait manifesté à son égard, un respect qu'elle n'avait pas l'habitude de recevoir, elle que l'on ne cherchait qu'à trousser dans un coin sombre de ruelle. Son caractère de chatte sauvage et indomptable l'avait sauvée plus d'une fois, ainsi que la dague que son vieux marin de père lui avait offert et dont il lui avait appris à se servir. Lorsque le noble sire vint à la connaître, il dût apprendre à l'apprivoiser. Il l'avait alors épousée devant Dieu et les hommes, se moquant de l'étiquette que lui imposait sa condition.

Elle sourit, toute à ses souvenirs, alors qu'un petit mousse crasseux la bousculait. Tout gêné, il baissa la tête en murmurant des excuses. Il venait de la reconnaître.

– M'dame, votre époux. Le Loup ! Il est rentré il y a une heure. On dit que les cales du « Diaoul » (le diable en français) sont remplies pour le roi.

Elle sentit son cœur s'échapper. Le voir. Il lui fallait le voir et se rassurer. D'un geste tendre, elle ébouriffa la tignasse du gamin et accéléra le pas. Le trois-mâts se dressai⁻ fièrement. On pouvait voir ici et là, les cicatrices laissées par les combats. Tous les marins étaient à pied d'œuvre, déchargeant les trésors sous les hurlements du contremaître.

Des larmes montèrent à ses yeux. Mais où était-il ? Elle eut beau le chercher, il semblait ne pas être sur son bateau. Un mouvement attira son regard et, au milieu des diamants qui coulaient sur ses joues, naquit un sourire radieux.

Fier et droit, il se tenait sur le bastingage. Le soleil couchant lui donnait un air conquérant et merveilleusement impertinent. Son sourcil gauche brun se souleva, alors qu'il la voyait à son tour. Les traits de son visage tanné par le soleil et la mer s'adoucirent sous la lueur d'un sourire malicieux et complice.

Elle pleurait de le savoir en vie, remerciait en prières muettes les cieux et la mer de ne pas le lui avoir pris et, comme par magie, il se tint là... près d'elle. La saveur de sa bouche fut sa plus belle récompense. Il prit le temps de la retrouver, de la redécouvrir, se moquant de qui pourrait les dévisager, puis avec une infinie tendresse, il se recula légèrement, s'agenouilla, le regard émerveillé.

Il posa ses deux mains sur le ventre arrondi de son épouse et murmura un « je vous aime » religieux, d'une voix brisée par l'émotion.

Le peintre d'azur

Le ciel est à ce point gris que je sens mon cœur se fendre. Mon regard se dirige vers l'océan qui accompagne mon étrange tristesse. Mon âme vole en éclats et ne veut plus se ressouder. Je la laisse vagabonder. Je marche machinalement. Mon souffle est empreint de lassitude et de tendresse.

Le vent joue avec mes cheveux comme s'il voulait m'étreindre, me consoler, m'offrir un instant de sérénité. Il pousse mon regard vers un homme tout proche. Celui-ci me tourne le dos, faisant face à sa toile, le chevalet dressé fièrement sur le sable. Un léger sourire étire lentement mes lèvres tandis que mon sourcil marque l'étonnement.

Quelle étrange idée que peindre un ciel d'hiver breton ? Quelle création pourrait bien naître sous les coups de pinceaux de l'artiste ? Comment embellir ce qui semble si triste ? De cet étrange personnage émane une étincelle qui me fascine, m'intrigue. Comme s'il avait le pouvoir de retranscrire les émotions qui se lèvent lorsque la tempête se prépare et offre ses propres partitions.

Le peintre se tient bien droit, vêtu d'un jean et d'une chemise de coton écru.

Quelques taches de peinture s'y sont perdues. Je laisse échapper un petit rire en découvrant qu'il est pieds nus, comme moi. Un amoureux de notre beau pays ? Un des nôtres ? J'ai envie de découvrir sa toile, d'entrer dans l'intimité de son partage avec les éléments. Ses courts cheveux bruns sont à peine dérangés par le vent coquin qui me décoiffe.

L'océan le subjugue. Il est raide et absorbe chaque onde que lui renvoie celui-ci. En m'approchant, je constate qu'il ne grelotte pas malgré le froid mordant. Il observe le phare qui se dresse fier, non loin de nous. Nul besoin de voir son visage pour comprendre ce qu'il regarde, ce dont il s'imprègne. J'admire sa volonté et sa force tranquille, ce sentiment de puissance dans sa façon d'être. Il n'a pas encore pris sa palette de couleurs. Pas de pinceau, rien. L'impatience monte en moi.

Montre-moi ta magie ! Fais-moi découvrir qui tu es, même si ce n'est qu'une ou deux minutes.

À cet instant il s'anime, comme s'il avait entendu mon souhait, à moins que ce ne soit le chant des mâts qui l'ait inspiré. Que va-t-il faire ? Sa main prend un crayon à papier et se met à danser sur la toile, rapide, sûre, précise. La jetée, le phare et les maisons prennent place, s'approprient l'espace. Quel dommage que le temps ne soit pas plus clément ! Les teintes seront blanches, grises, un cliché qui a la vie dure. Je suis un peu déçue. Je ne trouve pas cela juste. J'aurais aimé plus de lumière, plus de... Je ne saurais dire quoi.

Mon regard s'attarde sur le peintre qui vient de mettre ses premières couleurs sur la jetée. Il semble ne plus voir les bateaux qui passent devant lui. Je ne suis plus qu'à quelques pas de lui, mon cœur bat à cent à l'heure. Je crains de détruire le lien avec ce qui l'entoure. Ne surtout pas le gêner. Sa main caresse la toile d'un mouvement souple et empreint d'une étrange sensualité. Le rouge s'invite sur le haut du phare. Je reste fascinée par sa dextérité, l'étrange facilité avec laquelle il joue de son pinceau. Je mordille ma lèvre inférieure. L'émotion m'envahit. Il y a dans cette seconde quelque chose d'éternel, une intimité volée. Je suis entrée dans son monde pour en voler la magie.

Soudain, mes sourcils se froncent. Comment est-ce possible ? Que se passe-t-il ? Mes yeux s'écarquillent. Est-ce mon imagination ou le phare semble plus présent dans le paysage ? Les couleurs plus soutenues ? Un petit rire m'échappe, alors que je secoue la tête, me moquant de moi-même. Allons ma grande, reprends-toi !

Mon peintre solitaire s'attaque aux

rochers que l'on peut admirer. Il remet en place une de ses courtes mèches rebelles dans un geste d'impatience. Les mousses du sol deviennent plus vertes au fur et à mesure qu'il les met en valeur sur la toile. Mon cœur s'emballe, s'échappe : je me laisse porter par le pouvoir de cet étrange magicien. L'émerveillement prend possession de mon âme.

Ici, les algues et les mousses qui avaient revêtu leurs habits d'hiver, deviennent plus belles, plus vives. La mer se départit de son vilain gris pour prendre des teintes bleues et argentées. Je ris. Il fait apparaître une barque d'un beau carmin. Soudain, il s'arrête. Pourquoi ? Que fait-il ? Il ne peut laisser les choses inachevées ! Je voudrais le supplier de reprendre, de rendre les lieux plus beaux grâce à sa magie. Je n'ose pas. Peut-être me prendrait-il pour une folle ? Peut-être est-ce moi qui imagine tout cela ? Peut-être rira-t-il de ma bêtise ? Je ferme les yeux quelques secondes sentant les sanglots envahir ma gorge.

Je prends une profonde inspiration et me force à ouvrir un œil. Un hoquet de surprise s'échappe de mes lèvres. Le ciel se couvre de bleu azur, comme si des rubans de soie l'avaient soudain enveloppé. Puis, en accord avec le magicien qui joue de sa palette, le bleu plus foncé s'atténue et se mélange au magenta. Les teintes s'apprivoisent, s'unissent, parfois s'estompent. Une symphonie jouée à la perfection. Le ciel d'hiver disparaît sous ses doigts agiles. Je reste bouche bée et souris. Mon peintre-magicien continue son aventure sur les deux toiles qui lui font face. Il ajoute quelques mouettes, deux pêcheurs en ciré jaune.

Le vent froid ne souffle plus. Le peintre fixe ses œuvres avec un petit sourire en coin. Lentement, il observe son travail et finalement se met à ranger les pinceaux, le matériel, puis prend sa toile. Je suis là à le regarder, mais je n'ai pas envie de le voir partir. Je voudrais le voir embellir à nouveau la toile du monde à travers les siennes. Lui dire que j'ai aimé, adoré le voir créer.

Il tourne alors son visage vers moi. Un lent sourire étire ses lèvres masculines. L'azur de son regard me frappe en plein cœur. Ma bouche laisse se dessiner un bonheur intense.

Mon peintre d'azur vient de donner la couleur de son âme à notre beau pays de Bretagne.

La petite flamme de Locronan

Le chemin est long. Kristen, sept ans, en a marre du voyage. Toute la famille s'est levée de bonne heure pour partir en vacances. Parce que Nantes, c'est bien, on y fait quantité de choses, mais Papa et Maman aiment que leurs enfants découvrent d'autres belles facettes de la Bretagne.

Tout a vite été installé dans le coffre. Si on a oublié quelque chose, ce n'est pas grave... on trouvera sur place ce qui manque. Petite fille au regard mutin, Kristen observe les paysages qui défilent au travers des vitres. Le temps est changeant ; le vent souffle, écartant par moment le manteau de nuages qui cache le soleil. Elle tend alors son tendre visage vers les rayons bienfaisants de l'astre solaire. Sa petite main remet en place une mèche brune derrière son oreille.

Papa a mis de la musique, un truc qu'il aime bien, la jument de quelque chose. La fillette ne se souvient plus trop du titre, mais ça la fait rire d'imaginer que des animaux puissent chanter. Il y a de la gaieté, du bonheur dans la voiture, un peu comme si rien ne pouvait leur arriver. Une chaleur tendre les protège de toute agression extérieure. Ils représentent une force tranquille, des cœurs qui battent à l'unisson. Kristen regarde son grand frère assis à côté d'elle. Lui aussi semble parti dans un autre monde. Tout à l'heure, Papa a parlé d'un vieux village à l'âme magique, un lieu si particulier que les fées peuvent même s'y retrouver.

– Dis papa, quand est-ce qu'on arrive ?

Kristen tourne la tête vers son père, que son frère vient d'interroger.

– D'ici... dix minutes. Vous allez adorer, les enfants ! Lorsqu'on entre dans ce village, on change de siècle.

La petite fille lève les yeux au ciel en soupirant. Elle va encore s'ennuyer au milieu de vieilles pierres. Papa parlera à nouveau de l'histoire de Saint Ronan et de toutes ses aventures. Elle fronce les sourcils, Papa vient de ralentir et Maman commence à prendre ses affaires. Serait-on déjà arrivé ?

La voiture approche d'un grand parking. La petite fille se redresse pour mieux observer ce qui l'entoure, ne voit rien d'autre que de nombreux véhicules garés les uns à côté des autres. Ceux de vacanciers descendus au Chateaubriand (un monsieur qui écrit des livres, a dit papa) et venus visiter la ville. Le véhicule s'arrête : tout le monde descend. On ne peut pas aller dans le village avec la voiture, car pendant les vacances d'été, il y a trop de monde.

La petite famille s'avance tranquillement alors que Kristen trottine pour rejoindre son père et lui prendre la main. Une main chaude, rassurante, aimante. Aucun risque alors de se perdre. La fillette voit son frère courir devant et entend sa maman le rappeler à l'ordre. Le père éclate de rire et resserre son étreinte sur les petits doigts. La rue par laquelle ils arrivent semble si longue que la fillette se demande combien de kilomètres elle peut faire. Son regard se pose sur les maisons qui les entourent. C'est tellement vieux ! Les pierres sont d'un gris foncé et la mousse apparaît par endroits. Les arbres se penchent sur les murs comme s'ils étaient fatigués d'attendre que le temps passe. Le lierre court sur les façades. Les feuilles cachent peut-être les êtres du petit monde ?

Intriguée, Kristen lâche la main de son père et s'approche du mur le plus proche, soulève une large feuille et pousse un gros soupir déçu.

– Que croyais-tu découvrir ici, Feu follet ? lui demande son père avec un regard bienveillant.

– Je ne sais pas, un lutin ou alors, une

fée ! répond l'enfant avec un air penaud. L'homme sourit, se met à hauteur de sa fille et répond sur le ton de la confidence.

– Tu sais, je doute que les êtres du petit monde se montrent. Il y a bien trop de gens ici et même si ce sont de grands farceurs, ils préfèrent la tranquillité.

Kristen fait une moue dubitative, puis hausse les épaules avant de reprendre sa promenade. La route est interminable pour ses petites jambes. Devant eux se dresse une immense église, avec un porche vertigineux. Plus ils s'en approchent, plus elle semble gigantesque. La fillette lève la tête pour apercevoir le haut de la tour. Kristen tangue. Heureusement, papa est là et la soutient. La petite observe, s'enivre de sa découverte. Comme tout paraît grand ! Le clocher semble vouloir toucher le ciel. Elle voit les gargouilles et s'attend à ce que l'une d'elles lui fasse un clin d'œil. Un oiseau se perche sur la tête d'un de ces étranges monstres de pierre. Discutent-ils ensemble de ce qu'ils voient de si haut ? Écoutent-ils simplement le bruit du vent qui chante dans les arbres ? Elle ne saurait le dire et pourtant un petit sourire espiègle apparaît sur ses lèvres.

Soudain, une bonne odeur de pain frais la fait sortir de son rêve. Comme cette fragrance lui paraît délicieuse. Le regard de la petite fille fait le tour des maisons de la place. Là ! Une bâtisse dans laquelle est installée une boulangerie. Miam ! Il lui semble tentant d'aller savourer ce pain chaud. Elle salive à cette idée. Papa semble la comprendre et emmène sa famille dans la boutique. L'endroit est tout en lumière et chaque viennoiserie, chaque douceur se fait tentation pour la petite fille, qui ne sait plus où poser les yeux. Kristen prend une grande inspiration, comme si elle pouvait de cette manière tout avaler. Papa la regarde en souriant, le regard tendre et s'accroupit pour se mettre à sa hauteur.

– De quoi as-tu envie, Feu follet ?

Les prunelles de l'enfant s'illuminent de mille feux. Que choisir ? Tout semble si délicieux. Mais là, devant elle, un étrange gâteau se dresse. Sa petite main se tend vers la merveille dorée qui semble luire sous la lumière du magasin.

– Je peux papa ? demande-t-elle d'une voix fluette.

À la vue du choix de son enfant, un rire tonitruant sort de sa poitrine et il approuve d'un signe de tête.

– Tu as bon goût, ma fille ! Un Kouign amann pour mademoiselle, s'il vous plaît !

Sans plus de façon, l'enfant se voit servir le met délicieux, plein de beurre et de sucre. Cela fond dans la bouche. C'est tellement bon que Kristen ferme les yeux avec un petit air d'ange satisfait. Si la gourmandise est péché, il y a sans doute erreur dans la distribution des vices. Elle ouvre un œil pour regarder son trésor, puis fronce le nez. Il faut qu'il dure longtemps et elle vient d'en engloutir une bonne part déjà. Bien, mieux vaut le manger petit à petit pour que le plaisir dure plus longtemps. Papa sait qu'elle est gourmande et son franc sourire lui montre qu'il apprécie autant qu'elle ce moment de complicité entre père et fille.

Sans attendre, l'enfant sort de la boulangerie et reste un instant immobile, à observer l'étrange bâtiment qui lui fait face. Il est juste à côté de la grande église, séparé par une petite rue pavée. On peut lire au-dessus des vieilles fenêtres du premier étage l'inscription « Librairie celtique ». Pour une obscure raison, l'endroit lui donne une impression de magie, de mystère. La voilà qui aimerait y entrer. Elle avance doucement, toujours en mangeant son Kouign amann, sans attendre de savoir si sa famille est sortie de la boulangerie. Il n'y a que la place à traverser pour y accéder.

Kristen est attirée. C'est plus fort qu'elle, il faut qu'elle aille voir ce qu'il y a dans cet étrange endroit. Arrivée près de la grande fenêtre à petits carreaux, l'enfant se met sur la pointe des pieds pour mieux apercevoir l'intérieur. Malheureusement, elle ne distingue pas correctement et n'ose pas grimper sur l'énorme pierre à côté d'elle. La pièce est illuminée par une simple ampoule accrochée au plafond de bois. On dirait qu'il y a plein de choses suspendues en hauteur. Oh ! Comme elle aimerait entrer et tout explorer. Une immense main s'abat sur son épaule.

– On entre ?

Il pousse la porte et, avec un petit sourire, lui fait signe d'entrer. Un pas, un deuxième... Kristen a le souffle coupé : c'est magique, fantastique ! Ses yeux s'emplissent de la beauté des lieux, des centaines, voire des milliers de livres qui y sont exposés. Là, un étrange monsieur, avec des lunettes et presque plus de cheveux. Kristen le fixe avec insistance. Est-ce un gardien des histoires ? Tous les livres ont rapport avec le petit monde, les sorcières, les déesses, les dragons et la vie en Bretagne. Peut-on trouver des grimoires comme dans les contes de fées ? Elle n'ose pas aller demander au gardien des lieux, mais décide de tout explorer. Une immense cheminée se dresse au fond de la pièce, avec une grande table en bois devant. Des personnes lisent, assises sur les deux bancs qui ceinturent la table.

Elle lève la tête et là, des chaudrons sont suspendus et tout plein d'autres objets sortis du petit monde. C'est magique. La petite se perd dans les méandres de la salle. Tous les livres l'attirent. Elle monte à l'étage où elle continue l'aventure. Que c'est amusant ici ! Il y a des livres pour enfants et d'autres pour les grands. On y trouve tout un univers. Kristen est heureuse, elle a même le droit de prendre les livres dans les mains pour les admirer. Soudain, son regard est attiré par une lueur blafarde dans un coin de la pièce. Sur l'instant, elle croit que c'est son imagination. Cela bouge ! La petite fille pose l'œuvre et se dirige à petits pas vers l'escalier d'où émane la lumière. Devant elle se tient une enfant, ou un fantôme d'enfant ; son image est transparente et elle porte dans ses mains une fleur et une dague. Ses yeux sont fermés et elle semble réciter quelque chose. Kristen n'a pas peur, mais que faire ? Personne ne va la croire. Elle se racle la gorge pour exprimer sa présence. L'enfant, plus âgée qu'elle de quatre ou cinq ans, sursaute les yeux grands ouverts.

– Mince... tu me vois ? lui lance-t-elle en regardant aux alentours.

– Oui ! Tu es morte ? demande innocemment Kristen.

– Ça ne va pas ? Non, je voyage. Mais je crois que je me suis perdue... Je voulais me rendre chez ma grand-mère en Bretagne. Je ne suis pas au bon endroit.

– Mais tu es transparente !

L'enfant fait une petite grimace et éclate de rire.

– Oui, je suis sortie de mon corps pour aller voir ma grand-mère. Je suis sorcière. Enfin, apprentie. J'ai raté mon exercice, c'est pour cela que je suis devant toi.

Kristen rit à son tour. C'est trop génial, maintenant elle connaît une sorcière ! L'enfant lui fait un immense sourire. Sa nouvelle amie a des cheveux châtains cuivrés et des yeux verts assez étranges.

– Moi, je m'appelle Kristen. Et toi ?

– Hum, j'ai plein de prénoms, mais Mamé m'appelle Kavanez. C'est mon prénom de sorcière. Viens, je vais à l'étage. Il y a une porte magique et j'aime la franchir.

Kristen aimerait, mais au moment où elle va pour la suivre, le gardien des lieux arrive. Il fronce les sourcils en voyant sa nouvelle amie. Il grommelle quelque chose et semble en colère.

– Kavanez ! Tu rentres à la maison. Tu ne devrais pas être là. Ta grand-mère t'attend, ordonne-t-il en avançant vers les deux fillettes.

L'apprentie sorcière fait la moue avant de répondre avec insolence.

– Et tu vas faire quoi, l'Ancien, si je ne veux pas partir tout de suite ? Si je veux parler avec ma nouvelle amie ?

Kristen sent soudain l'atmosphère s'échauffer et les yeux du gardier prennent une étrange lueur argent. Sa voix change et semble sortir d'une sombre caverne.

– Mieux vaut pour toi que tu ne le saches pas, enfant de Morgane. Retourne à tes leçons. TOUT DE SUITE !

Kristen prend peur. Sans demander son reste, elle dévale les escaliers pour se jeter dans les bras de son père.

– Eh bien ma puce, tu as vu un dragon ? plaisante le papa en la serrant contre lui.

Kristen ne répond pas et jette un œil

en arrière. Elle voit descendre le gardien qui lui sourit gentiment et lui offre un livre.

– Tiens, petite. Cela devrait te plaire ! Je te l'offre.

L'enfant fronce les sourcils. Sur la couverture on peut voir une petite sorcière faire un signe de la main à une petite fille dans une bibliothèque. Le titre : « Amitié magique ».

– Qui sait ? Peut-être cela t'arrivera-t-il aussi ?

Kristen sourit.

Une vingtaine d'années plus tard

Kristen est revenue à Locronan, animée du besoin de se replonger dans son enfance. Elle s'amuse à découvrir le lieu qui ne lui semble plus aussi impressionnant. Il est vrai que son regard d'enfant a disparu. Sur la place pavée, elle regarde la « Librairie Celtique » et fronce les sourcils. Devenue adulte, elle a du mal à se convaincre de la réalité de ce qu'elle a vécu. Non, ce n'était pas un rêve. La preuve : le livre est toujours en bonne place dans sa bibliothèque.

Soudain, sortant de la ruelle menant au cimetière derrière l'église, une femme aux cheveux châtains cuivrés, vêtue d'un jean et d'un manteau noir lui fait face. Leurs yeux se croisent. Un sourcil se soulève et le regard vert semble se faire mutin.

– Je ne me suis pas trompée cette fois… et ma grand-mère ne m'attend pas.

Kristen, un instant interdite, éclate de rire.

Les amoureux de Belle-Ile

Si des chansons parlent de Belle-Ile, c'est sans doute parce que les fées ont tant pleuré leur chagrin que le souvenir en est resté. L'île est majestueuse lorsque le soleil la nimbe d'un halo d'or. Une façon de faire luire ce diadème abandonné sur les flots.

Les fées éplorées se sont évanouies, les druides et les sorcières ont pris ces lieux sous leurs coupes, pour disparaître à leur tour. Pourtant, on dit que la reine des fées est restée, pour veiller sur l'île.

Judickaël n'est pas bien grand, pas plus de huit ans, mais il connaît la légende de son île par chœur. Son regard brun se pose sur le large. Quelques taches de rousseur se perdent sur le haut de son nez. L'ovale de son visage est entouré d'une épaisse chevelure châtain. Le vent souffle. Malgré le soleil, il fait encore frais en ce tendre printemps. Son jeans est abîmé aux genoux et son gros pull gris à torsades le protège du froid. Le gamin sautille sur place, comme s'il attendait quelqu'un ou quelque chose.

Il vient tous les ans chez ses grands-parents à Sauzon. Au début de ces vacances, il n'en était pas très heureux, car il aurait voulu rester avec ses copains. Mais Ludivine avait changé la donne. C'était la fille d'un habitant de l'île. Elle avait un joli visage en forme de cœur, de très grands yeux gris et les plus beaux cheveux longs couleur de lune. Ils avaient fait connaissance lors d'une partie de pêche. Au début, ils s'étaient à peine regardés, à peine adressé la parole. La timidité les avait tous les deux emprisonnés. Au fur et à mesure, la tension était doucement retombée. Ludivine lui avait tendu un morceau de pain avec une barre de chocolat qu'il avait accepté. Elle était loin d'être bête, pour une simple fille. Très vite, les fous rires avaient remplacé le silence quasi religieux de la pêche.

Depuis, ils sont devenus de bons amis, s'échangeant leurs astuces, mais aussi leurs petits secrets. Quand le cœur est lourd, pour l'un ou pour l'autre, ils se consolent mutuellement, comme on sait si bien le faire à huit ans.

Aujourd'hui, Ludivine est en retard. C'est étonnant… Elle a toujours été à l'heure, ne manquant aucun de leurs rendez-vous. Judickaël regarde le chemin, mais rien. Elle avait déjà dix minutes de retard. Inquiet, le gamin, chargé de sa canne à pêche, part à sa rencontre. C'est alors qu'il voit la silhouette de son amie. Elle semble tétanisée. Le jeune garçon fronce les sourcils et se met à courir pour la rejoindre.

– Que t'arrive-t-il ? demande-t-il essoufflé.

Le regard gris de la fillette se pose sur lui, alors que son index lui montre quelque chose devant elle.

– Regarde Ju ! Il y a deux menhirs au milieu du champ.

Le garçon hausse les épaules.

– Bah !! Il y en a partout en Bretagne.

Ludivine secoue la tête avec véhémence en levant les yeux au ciel. Ce que les garçons peuvent être stupides parfois !

– Mais pas dans ce champ ! Tu crois que ce sont Jean et Jeanne ?

Le gamin se moque gentiment de sa camarade.

– Tu sais bien que ce sont des légendes. Ce n'est pas la réalité. Aucun druide n'a transformé de jeune barde en pierre, ni son amoureuse. Ce sont des histoires de filles !

Un violent coup de poing dans son estomac répond à sa moquerie. Ludivine le fixe avec colère.

– Explique-moi ce que font ces rochers ici alors ! Nous ne les avons jamais vus auparavant.

Judickaël esquisse une moue tout en réfléchissant avant de donner sa réponse. Il n'a pas vraiment envie de prendre un nouveau coup. Elle a de la force pour une fille.

– L'agriculteur les aura bougés.

La fillette lève de nouveau les yeux au ciel, puis lui prend la main et l'entraîne derrière elle.

– Viens ! On va voir de plus près. Peut-être que les sorcières de "Bord-Groa" les ont mis là ?

Le jeune garçon l'arrête net. Surprise, son amie stoppe sa progression, le regard interrogateur. Son compagnon de pêche sourit avec un petit air coquin.

– Si ce sont Jean et Jeanne, peut-être pourrions-nous les voir cette nuit ? C'est la pleine lune.

Il ne faut jamais longtemps aux enfants pour faire des bêtises. Ils hochent tous les deux d'un même mouvement de tête. Ce soir, ils feront le mur.

Judickaël et Ludivine se sont donné rendez-vous au champ pour vingt-deux heures. Les parents et grands-parents n'ont pas entendu les enfants sortir. À cet âge-là, on sait se faire discret lorsqu'il le faut. Chacun a pris une torche, mais la clarté de la lune si ronde éclaire leur chemin suffisamment.

Les deux enfants se donnent la main, échangeant un regard complice. D'un pas calme et serein malgré l'excitation qui fait palpiter leurs cœurs, ils traversent le champ pour rejoindre les menhirs qui se font face, sans pouvoir se rejoindre. Une étrange mélancolie les enveloppe. Ludivine lâche son camarade pour s'approcher de la pierre debout à sa gauche. Sa petite main l'effleure avec respect pendant que son ami fait la même chose avec l'autre. Ils se sentent complices.

– Tu crois qu'ils peuvent nous comprendre ? chuchote la petite fille.

– Je ne sais pas ! Tu sens ? La pierre n'est pas froide, c'est bizarre !

– C'est le soleil de la journée qui les a réchauffées, se rassure Ludivine en fixant son ami droit dans les yeux.

Il hoche de la tête en silence. Soudain, la lune frappe de ses rayons les deux menhirs, comme si elle les protégeait. Ludivine et Judickaël se reculent d'un seul coup. Ils se donnent de nouveau la main, inquiets. Ils s'écartent précipitamment des rochers et s'allongent dans l'herbe. Celle-ci est suffisamment haute pour les cacher des regards. Une femme aux longs cheveux noirs apparaît, fantomatique et magnifique.

Elle se met entre les deux pierres. Sa voix s'élève dans un chant harmonieux et voluptueux. Ses mains dansent autour de son buste. D'étranges scirtillements s'échappent de ses doigts et viennent frapper les menhirs.

Sous le regard ébloui des enfants, les pierres prennent vie. L'une est un homme portant la scie des Bardes, l'autre une douce jeune femme aux habits de bergère. Les petits curieux ne peuvent détacher leurs yeux de ces êtres splendides qui s'enlacent et s'embrassent tendrement. La fée sourit, protectrice de ce couple d'amants. Ludivine a la main de Judickaël dans la sienne et la serre pour lui faire comprendre qu'il faut partir discrètement. Ils rampent pour ne pas déranger, puis loin d'eux, se lèvent enfin. Ils ne savent plus s'ils doivent courir ou marcher.

– C'était vrai alors ? lance le jeune

garçon encore abasourdi par ce qu'ils viennent de voir. Ludivine sourit et l'embrasse sur la joue.

– Oui ! Ce sont les amoureux de Belle-Ile… Et ce n'est pas une histoire de fille !

Le jeune garçon glousse son approbation en hochant la tête. Il prend son amie par l'épaule et tous deux, le cœur émerveillé, rentrent chez eux.

Au loin, trois êtres magiques les contemplent avec douceur, un petit sourire tendre et taquin aux lèvres.

Les amants de Sainte Barbe

La journée est douce et ensoleillée, malgré un hiver bien installé. Une de ces journées qui vous donne envie de retrouver la connexion si particulière avec le passé, la nature et les éléments. Elle a pris la voiture avec une joie presque enfantine. Le chemin n'est pas long, mais son impatience lui donne l'impression que rien ne va assez vite.

Enfin, après avoir traversé le Faouët, lorsqu'elle voit le panneau « Chapelle Sainte-Barbe », un sourire étire ses jolies lèvres. Elle remet une boucle de cheveux derrière une oreille, son chignon ne tenant plus que par miracle.

La voiture passe le pont surplombant la nationale, puis gravit lentement la côte. Les arbres semblent la protéger de leurs bras tendres en formant des arches bienfaitrices. Enfin, le parking de terre battue apparaît et, d'un mouvement souple du volant, elle gare sa petite Peugeot. Elle reste un instant sans faire le moindre geste, les mains posées devant elle. Le calme commence à l'envahir, ses ondes douces et chaudes enveloppant son corps dans un cocon salvateur. Un long soupir de bien-être et la voici qui descend, ferme la portière puis se dirige vers l'étrange petit portail qui lui fait face. Un chemin de pierres la guide. Un rire enfantin lui échappe. Serait-elle Dorothée du pays d'Oz ?

Son regard se dirige vers la taverne de Sainte-Barbe, dont la porte grande ouverte laisse entrevoir la pièce principale. À l'entrée, une ardoise simplement posée sur laquelle est écrit : vin chaud. Le ciel n'est ni bleu, ni torturé. Le soleil réchauffe l'atmosphère, mais le vent rappelle à l'imprudent que l'hiver est là. Elle regarde l'abri de la cloche de pèlerin de Sainte-Barbe que les promeneurs font sonner. Son sourire accompagne les enfants qui essaient désespérément de la faire tinter. Elle se demande si, de l'autre côté de la rive de l'Ellé, on entend cette cloche installée au-dessus de la chapelle.

Du haut de la falaise de Roc'h ar

marc'h bran, on peut admirer le paysage à des kilomètres à la ronde. Pas de vertige, juste un bonheur intense pour celle qui n'a aucune racine, aucun endroit qui lui donnerait ne serait-ce que l'illusion d'être de quelque part. Pourtant, à cet endroit, une étrange alchimie se produit, alors qu'elle n'y vient que pour la seconde fois. Un peu comme si elle se trouvait dans l'attente de quelqu'un, ou de quelque chose, d'un instant magique... Son regard s'emplit d'une tristesse infinie, d'une douce mélancolie.

Elle se met alors à descendre les marches avec assurance. Le vent forcit un peu et le ciel se couvre légèrement. Des frissons la secouent, alors qu'une étrange brume prend possession des lieux. A chacun de ses pas, la lumière se tamise, comme si le soleil avait pris la décision de laisser deux mondes parallèles se retrouver. Elle sent d'étranges présences, une atmosphère diffuse, intense. Son doux visage s'illumine d'une joie enfantine. Son regard se pose sur les portes rouge sombre de la chapelle. Elles sont closes : elle est venue un peu tard.

Tranquillement, elle passe entre la paroi de la falaise et le mur. Son sourcil gauche se soulève en admirant le grand escalier couvert de mousse qui descend. Juste sur sa droite, elle aperçoit le début du chemin qui va se perdre dans la forêt. Elle sourit. Là-bas, tout au fond, la fontaine l'attend. Il lui semble d'ailleurs voir de petites silhouettes vives se faufiler entre les troncs. Des rires cristallins lui parviennent aux oreilles. Étrange, le petit peuple était-il ici chez lui, bien avant la construction de la chapelle ? L'idée l'amuse, l'intrigue. Avec dévotion, la voilà qui caresse tendrement les parois de Sainte-Barbe. Son cœur s'accélère, des larmes lui montent aux yeux.

– Je suis à la maison... Viens me chercher !

Ces mots se gravent profondément en elle. Elle resserre les pans de son manteau sur son corps. Elle a encore froid, comme s'il lui manquait quelque chose. Lentement, elle fait le tour, monte quelques marches et reste fascinée par l'arche qui se dresse. La brume se fait plus dense. Elle se blottit contre la chapelle, comme pour se cacher. Soudain, là, devant elle, en haut des marches, se dessine la haute stature d'un homme. Elle fronce les sourcils, interloquée, car des rires de jeunes filles se font entendre. Son regard les cherche quand, soudain, elles apparaissent derrière elle.

Les jolies demoiselles sont vêtues de robes de lin, coiffées de bonnets qui protègent leurs chevelures. Leurs yeux mutins glissent vers l'homme. Elle reste là, sans bouger. Il ne faut pas que la magie s'arrête. Hypnotisée, elle le dévisage, sent son corps tout entier entrer en résonance. Il semble si grand, si fier. Des cheveux châtains bouclent avec effronterie sur sa nuque. Combien elle aimerait y glisser ses doigts ! Son souffle s'accélère. À bien y regarder, on peut voir une lanière de cuir qui emprisonne ses cheveux. Son visage n'a rien de celui d'un jouvenceau.

Quelques rides marquent son regard hypnotique. Elle ne peut s'empêcher de penser que l'océan a partagé la clarté de son bleu avec lui. Il ne fait aucun doute qu'il a parcouru le monde. Un petit sourire arrogant étire ses lèvres. À la vue des demoiselles, son sourire s'agrandit. Un pincement de jalousie lui enserre le cœur. Elle lui en veut, tout en admirant son torse puissant que laissent voir la chemise de lin et la longue veste de cuir ouvertes. Un marin peut-être ? Elle secoue la tête pour essayer de revenir à la réalité, mais rien n'y fait, bien au contraire !

Il approche à pas lents. Son regard s'amuse des jeux de séduction des jeunes filles. Doucement, des gouttes de pluie tombent sur eux. Elle tremble de froid, alors que ses boucles se plaquent sur son tendre visage. Qu'il est étrange de le voir à peine gêné par la tempête qui se lève et la foudre qui crépite autour d'eux. Un éclair explose dans la forêt derrière elle. La peur lui fait fermer les paupières. Des larmes se mêlent à la pluie.

Une étrange chaleur l'enveloppe alors qu'elle sent la caresse d'une large main calleuse contre sa joue de velours. Elle frotte son visage en ronronnant de plaisir. Ses yeux s'ouvrent et rencontrent le regard océan, ce compagnon venu du passé. Il laisse glisser son pouce sur ses lèvres avec un tendre et étrange sourire en coin. Il lui laisse entrevoir son visage et s'empare de sa bouche. Son arôme est épicé alors qu'il force le barrage de ses lèvres. Elle le savoure, le découvre, enroule sa langue autour de la sienne, dans un jeu érotique et troublant. Le passé apprivoise le présent. Un gémissement d'étonnement et de plaisir lui échappe. Le désir la submerge. Elle en voudrait plus. Les larges mains encadrent son visage. Alors, pour mieux se fondre contre lui, elle se met sur la pointe des pieds, s'agrippant à sa veste, telle une naufragée.

Il pousse un petit rire moqueur avant de s'écarter. Irritée par ce rire, elle lui mord la lèvre inférieure à sang pour lui faire comprendre qu'elle n'est pas aussi docile qu'il semble vouloir le croire. Le regard océan prend une couleur plus foncée, passionnée. Il s'abreuve de son propre sang avant de l'acculer contre la chapelle. Son baiser se fait possessif, exigeant, ne lui laissant d'autre choix que celui de s'abandonner contre lui. Il se recule aussi soudainement qu'il l'avait étreinte pour lui souffler à l'oreille :

– Tu as mis du temps à revenir vers moi, ma douce.

Éberluée, elle le fixe sans comprendre. Comment est-ce possible ? Comme dans un rêve, il lui prend la main et la mène sur le chemin qui s'enfonce dans la forêt. Il pleut, mais peu importe. Il pose un genou en terre devant la fontaine Sainte-Barbe. Son regard bleu se plonge alors dans le sien, puis il murmure d'un ton solennel :

– À tout jamais Sainte Barbe nous protège. Tu me retrouveras tout au long des siècles. Tu es et resteras ma compagne.

Elle se sent calme, apaisée malgré son cœur qui s'accélère. L'amour n'a rien de logique, mais sa magie est bien réelle. Aussi ne peut-elle s'empêcher de lui répondre :

– Je te retrouverai. Tu es et resteras éternellement mon compagnon.

Il se relève, pose sa large main sur sa nuque pour goûter ses lèvres. Ce n'est qu'un simple effleurement quand la cloche retentit. La brume se lève. Le soleil brille de nouveau. Il a disparu. Elle soupire, fait demi-tour et reprend sa marche. Son cœur est lourd, pourtant elle ne peut retenir un sourire coquin. Sans s'en rendre compte elle arrive à la cloche lorsque celle-ci se remet à tinter. Au même instant, sa cheville lâche et une main secourable a juste le temps de la retenir par la taille. Elle pose ses paumes sur la large poitrine et ses yeux rencontrent soudain un regard océan. Un petit sourire en coin, légèrement arrogant, l'inconnu lui murmure :

– Heureusement que Sainte Barbe m'a conduit jusqu'à vous.

Souffle de la mort

La douceur m'enveloppe en cette belle journée du mois de septembre. L'été indien s'est installé sur la Bretagne. Les touristes prennent le temps de vivre et de siroter aux terrasses des nombreux cafés qui entourent le parvis de la cathédrale. Je suis venue à Tréguier, pour rencontrer ma correctrice. Depuis environ six mois, je me suis décidée à éditer mon recueil. Je suis une faiseuse de mondes, à peine conteuse. Pourtant, Mathilde semble prendre plaisir à me lire et elle s'est gentiment proposé de me corriger. D'autres lecteurs aiment ce que j'écris sur le net, ce qui m'étonne toujours autant. Ma timidité s'efface dès que j'écris, dès que je peins, dès que mes doigts s'amusent sur le papier et que mon esprit se libère.

Internet, quel bel outil que celui-ci ! Il me faut bien l'avouer, il m'a permis de faire bien des rencontres au fil de toutes ces années. Certaines furent, pour moi décisives dans mon chemin de vie. Mon manque de confiance en moi semble disparaître derrière mon clavier, comme si soudain celle que je suis au fond de mon être pouvait, totalement, s'extérioriser de cette carapace qu'est mon corps.

Le chemin en voiture fut très agréable. Ne connaissant que très peu ce côté de la Bretagne, c'est l'esprit curieux que j'avais observé les paysages qui défilaient devant mes yeux. Comme toujours, j'ai enfilé un vieux jean, un chemisier légèrement transparent et une bonne paire de baskets. J'ai lâché mes boucles. Voilà longtemps que j'ai abandonné l'idée de les dompter. Mon sourire coquin étire mes lèvres en pensant aux mains fortes et pourtant si douces qui aiment s'y perdre. Mon autre me manque, mais il est toujours dans mes pensées, dans ces instants qui sont impalpables.Mes yeux verts fouillent les alentours. J'observe. J'analyse. Je devine. Je laisse les lieux m'envahir, les pierres me parler de ce qu'elles ont vu pendant les siècles passés. L'endroit me rend mal à l'aise. Pourtant, la lumière est chaude, les gens autour de moi s'esclaffent, sont de bonne humeur. Tout est majestueux et beau, mais mon cœur se sent oppressé. Ses battements sont puissants et douloureux dans ma poitrine. Les bâtiments semblent empreints d'une aura sombre et cruelle. Mes sourcils se froncent. Mes pensées se font plus rapides. Je reconnais ce sentiment et mon regard devient plus sérieux. Mon sourire s'efface. D'un pas lent et lourd, je traverse le parvis inondé de soleil. Ce n'est plus qu'un brouhaha qui m'entoure. Impossible de vraiment discerner les propos des uns ou des autres. En ai-je seulement envie ?

Lentement, ma tête se tourne vers la cathédrale et je fixe, immobile, l'immense porte. Ma respiration s'accélère. Impossible de détacher mon regard. Un souffle semble m'entourer, m'attirer vers ce bâtiment. Mes pieds refusent d'avancer. J'ai peur. La gueule de l'enfer veut m'engloutir. Sottise ! Je ne crois pas en l'enfer, ni même au paradis. Il faut que je m'éloigne d'ici. Avec difficulté, je m'oblige à avancer vers les maisons à Pans de bois. Je sais que la petite librairie-salon de thé où j'ai rendez-vous est dans la ruelle, juste derrière la place. Il faut que je m'y rende. Ne pas me laisser happer par ce sentiment qui m'envahit à la vue de Saint-Tugdual. La lumière semble changer et je vois une jeune femme me faire un signe de la main, sans doute Mathilde. Je vais vers elle. Mon bras se lève pour répondre. Mais soudain, le souffle m'enlace de nouveau avec force et puissance. Il ne me laisse pas la possibilité de me sauver, d'échapper à son étreinte. Une odeur de sang et de feu me prend à la gorge. Tout tourne autour de moi et même ma correctrice disparaît sous mes yeux pour se transformer en une femme en pleurs. Mère, que se passe-t-il ?

Elle est vêtue d'une jupe de lin lourd. Son chemisier déchiré laisse voir un sein blessé. Sa chevelure est partiellement brûlée. Son visage couvert de suie. Derrière elle, un enfant d'à peine cinq ans se cache. Il est perdu, effrayé. Des cris, des pleurs, des hurlements de douleur, des rires sadiques, des flots de haine, des marées de frayeur... ma tête est emplie de tout ce qui m'entoure. J'ai envie de vomir. Je n'ose pas détacher mes yeux de ceux qui se trouvent devant moi. J'ai peur de ce que je vais découvrir. Lentement, je lève les mains devant moi. Elles sont abîmées, noires de crasse. Mais que m'arrive-t-il ?

La pluie claque sur le sol. Des rigoles d'eau boueuse et de sang coulent, implacables, à mes pieds. Mes bottes de cuir sont crottées. J'ai froid. Ma robe de lin est déchirée de toute part. J'ai mal. Je veux mourir. Mon bas-ventre est souillé de la semence d'un soldat anglais. Je me suis battue, débattue. J'ai hurlé au milieu des cadavres de ma mère et de mon père. Je suis sortie de mon corps. Ne pas devenir folle. Ne pas me laisser envahir par la mort qu'il me donne tout en me laissant vivante. Il m'a jetée au sol lorsqu'il s'est vidé les bourses, m'a frappée de toutes ses forces et laissée pour morte, avant de mettre le feu à ce qui fut ma maison. Mourir. Je veux mourir. Mais avant, je dois soigner les vivants, les survivants, les femmes et les enfants.

Je me suis relevée, sortie de ma transe et l'horreur s'est révélée. La guerre entre les rois est sans merci pour nous, qui ne sommes que leurs humbles sujets. Nous ne sommes rien pour les monstres venus nous détruire, nous asservir, nous violer. Nous ne sommes rien. Mes larmes coulent. Je n'ai que treize ans et je suis déjà morte. Le bourg est à feu et à sang. Leur Saint ne nous protège pas. Notre déesse-mère me donne la force d'aller au-delà que ce que l'on m'a fait subir. J'ai pris mon sac d'onguents et de plantes pour faire fuir la mort.

– Aela ! Aela !

On m'appelle, des sanglots dans la voix. C'est la femme avec l'enfant devant moi. Son regard est désespéré.

– Ils ont tué Brewen ! Ils ont tué Brewen !

Elle s'écroule à genoux sur le parvis. Ses larmes se mêlent aux cris de son enfant, aux gémissements de ceux que la vie quitte. Malgré mes douleurs, je me mets à courir vers elle, la prends dans mes bras et la console comme je le peux. Son fils vient se coller à moi et me serre avec la force désespoir. Mon regard se porte tout autour de nous. Des hommes en armure se battent contre nos pères, nos frères, nos fils qui ne portent que leurs chemises et braies de lin. Les lames découpent les chairs. Les faux frappent aveuglément sur les assaillants. Les sangs se mélangent. Les flammes de l'enfer nous encerclent. Cette odeur de corps calcinés me soulève le cœur. Des femmes se défendent comme elles le peuvent. D'autres meurent en protégeant leurs enfants. Les rires des soldats font monter en moi une haine puissante. La cathédrale que nous avons reconstruite est en feu. Comment ces porcs peuvent-ils être des enfants de leur Dieu ? Comment ces monstres peuvent seulement se dire être nos frères alors qu'ils nous détruisent ?

Mes poings se serrent. Je voudrais avoir la puissance de notre Déesse-mère, ou de l'un de ses enfants, pour les anéantir. Pourtant, au fond de moi, je sais que mon rôle est ailleurs. Je sais que ma haine ne va pas me grandir. Les corps mutilés jonchent le sol et je souffre. Mes sanglots ne s'arrêtent plus. Ma fureur me fait tenir debout, me rappelle que je suis vivante. Avec mes dernières forces, je soulève mon amie pour l'emmener en sécurité, pour la soigner, elle et son fils. Je sais quel est mon rôle.

Nous avançons difficilement au milieu des affres du combat. L'enfant et sa mère s'appuient sur moi et je les dirige vers l'abbaye qui tient encore debout. Il faut que je les sauve. Je souris malgré tout. J'aurai le temps, oh oui, j'aurai le temps ! La tête me tourne, mais nous continuons. La porte est devant nous. Il suffira d'y taper pour qu'ils soient en sécurité. Pas de printemps pour moi cette année ! Pas même la douceur d'un premier baiser ! Pas de mariage entourée des miens ! Le sourire de ma mère me revient à l'esprit, celui d'hier soir avant cette boucherie, avant ses cris ! Mes larmes se sont taries. Chaque pas est un supplice. Ils sont lourds, mais j'avance. L'odeur de la mort me gêne, je voudrais qu'elle disparaisse. J'ai tant de mal à leur servir de béquille, mais enfin nous arrivons. Mon poing s'abat sur le battant avec toute la force qu'il me reste. Une fois. Deux fois. Trois… la porte s'ouvre sur notre prêtre. Son visage est décomposé.

– Entrez mes enfants ! Aela ! Aela ! Tu n'auras pas...

– Je pourrai les soigner !

Ma voix est à peine audible. Des hommes de Dieu viennent prendre la mère et l'enfant, alors que le prêtre me soulève. J'ai mal. Je veux mourir. Je souffre tellement dans mon corps et dans mon âme. Ma tête dodeline et je la pose sur l'épaule de mon porteur.

– Les plantes, mes onguents ! Tout vous sera utile ! Il faut les soigner ! Prenez tout et sauvez-les, mon Père.

Je chuchote à son oreille. J'ai la tête qui tourne.

– Mon enfant, tu es épuisée ! Il te faut te re...

– S'il vous plaît ! Laissez-moi vous aider à les soigner. Je suis enfant d'ovate. Je dois faire honneur à mon père !

Mes yeux sont suppliants. Il me faut une raison pour continuer à vivre. Le regard du prêtre semble perdu. Il ne peut refuser mon aide. Ils sont si nombreux ici à attendre les sacrements ou les bons soins. Il finit par me poser à terre.

– Tu as raison ! Fais ce pour quoi tu es née !

Sans hésiter, je prends mon sac et me mets au travail. Cela ne semble jamais s'arrêter. Les blessés, les morts emplissent les lieux sans que rien ne semble vouloir calmer cette marée. Je ne pense plus. La seule chose qui m'importe, c'est de gagner face à la mort. Je la sais nécessaire, mais je la trouve parfois injuste. Les enfants n'ont pas à mourir à cause de la cupidité de quelques-uns qui dirigent nos pays. Je n'accepte pas ! Alors, j'utilise mes connaissances, mes onguents, mes prières pour faire fuir la puanteur de la guerre. M'épuiser à en trépasser, je ne le crains pas ! La vie gagnera ! D'autres femmes écoutent mes conseils. Nous travaillons toutes ensemble, notre douleur nous unissant. Nous pleurerons nos morts plus tard.

Mes pas me guident vers l'intérieur de la cathédrale. Tout autour de moi des cadavres, des agonisants. Mon regard s'arrête soudain sur l'un d'eux. Je serre les poings, avance lentement. Mon corps est faible. Il est là. Il attend. Il m'a reconnue, devient blême. Un sourire ignoble étire mes lèvres. Je titube, mais continue de le fixer en me tenant le ventre. Son souffle est devenu court. Je vois la silhouette de la mort derrière lui et mon sourire s'accentue. Je me baisse et prends une dague au sol. Il murmure.

– Help ! Please, help !

Comment peux-tu réclamer de l'aide après avoir décimé les miens ? Comment peux-tu espérer que je te laisserai la moindre chance alors que je suis morte ? Comment peux-tu oser espérer vivre ! Je jubile de le voir paniquer. Je fixe la mort qui me sourit. Elle réclame son dû, et elle sait que je vais le lui offrir. Je connais mon rôle. Ma tête tourne. Mes yeux se posent sur mes jambes couvertes de sang. Des larmes recommencent à couler. Mon corps se fait lourd et je m'écroule. À quatre pattes, je m'approche de lui, mon regard dans le sien. Il est pâle.

– Pitié ! Pitié, pas ça !

Je murmure à son oreille en le fixant. Il sait, essaie de se redresser.

– Je ne partirai pas seule !

La lame de la dague se plante

directement dans son cœur. L'anglais ouvre grand les yeux et à travers mes larmes, je vois son âme quitter son corps. La mort rit. Mon visage se tourne vers elle. Elle tend la main pour me montrer la dague. C'est celle qu'il m'avait enfoncée dans le ventre avant de m'abandonner. Un rire m'échappe alors que je m'étends sur le sol près du cadavre de mon meurtrier. La mort rit de plus bel. Mes yeux se ferment. La tête me tourne…

Je suis allongée sur le sol et me tiens la poitrine. Le soleil inonde le parvis. Je ne peux pas partir tout de suite. J'ai tant de choses à faire, tant de choses à écrire, tant à vivre. Mathilde est au-dessus de moi et je l'entends me dire.

– Alvy ! Ne vous inquiétez pas, les pompiers arrivent !

Mon cœur a fait des siennes. Je regarde la cathédrale et vois alors la mort qui rit devant la porte. Une petite main se pose sur mon épaule. Un murmure à mon oreille me fait lever les yeux vers le visage d'une enfant de treize ans. Elle est douce, me sourit.

– Chut ! Repose-toi ! Il n'est pas encore venu, le temps de partir.

Je ferme les yeux. Des larmes coulent sur mon visage. Je sais...j'ai un rôle à tenir...

L'ovate et le chirurgien

La sombre fin de journée sur la cité de Locronan s'est posée. Le vent souffle avec violence. La pluie claque sur le sol pavé. L'atmosphère est froide, presque angoissante. Les pierres des maisons alentour sont devenues noires. Plus la moindre lueur, le moindre rayon de soleil qui pourrait redonner un semblant de joie, de bonne humeur ou de chaleur. On se sent oppressé, étouffé par les murs du passé qui nous cernent de toute part.

Telle une clairière, s'avance la place principale devant nos yeux plissés. Elle est le miroir des ténèbres, révélé par la pluie d'automne à celui qui verra plus loin que le bout de son nez. La voix du vent nous murmure son chant macabre et grave. Il nous porte les souffrances d'hier, mais aussi les joies. Humble hommage aux siècles qui passent, il raconte ce qu'il a vu, ce qu'il a entendu. S'impose alors à notre regard l'ombre morbide de l'église Saint-Ronan, sa pointe de clocher à jamais perdue. Les forces ancestrales ont dû, sans doute, penser qu'il ne fallait pas chercher plus haut la gloire. Sa haute stature nargue les pauvres pécheurs qui cherchent asile sous son porche, mais elle gardera ses lourdes portes inexorablement fermées. Elle est si sévère, à l'image d'une mère supérieure acariâtre qui garderait un œil moralisateur sur sa novice, la chapelle du Pénity. La fille du roi Louis XII avait-elle voulu offrir une part de sa féminité à ce petit bâtiment qu'elle fit construire ? On pourrait le croire ! La fine flèche gothique se pare d'une petite cloche et de détails donnant l'illusion d'une parure de bijoux portée avec grâce et coquetterie. La vie a quitté les rues. Le froid d'octobre ne donne envie que de se mettre au coin d'un feu, un cidre chaud entre les mains. La nuit s'installe. Les lucioles des demeures captivent les âmes de ceux qui se perdent dans les ruelles de tisserands. La lune ne parvient pas à se montrer. Les nuages gonflés de pluie ne veulent pas lui laisser la scène du ciel. La silhouette des deux dames s'efface de plus en plus. Un vieux réverbère ouvre là, oui juste là, un passage qui apparaît comme par enchantement. Rien ni personne ne s'y engouffre. Quoi de plus normal, qui voudrait par cette nuit se rendre dans le cimetière de la cité ?

– En voilà un temps d'automne comme nous les aimons !

– C'est bien de vous de dire de telles sornettes ! Comment peut-on aimer recevoir toute l'eau du ciel sur sa tête ?

Les deux hommes sont assis au milieu du cimetière sur les marches qui soutiennent une croix en fer forgé noir. Une corneille s'y est posée et semble les écouter. Quel étrange couple que voilà ?

L'un porte une saie de teinte verte avec une ceinture de cuir autour de la taille. Une bourse s'y pend ainsi qu'un étrange gobelet en étain. Ses longs cheveux et sa longue barbe blanche cachent presque la totalité de son visage marqué par les années. Son regard est taquin, son sourire moqueur. Près de lui est posé un bâton de marche sculpté. L'autre est engoncé dans un uniforme militaire à col haut. Son visage est rond, vierge de toute barbe. Il porte fièrement sur sa poitrine la légion d'honneur. Ses cheveux sont courts, légèrement bouclés. À sa ceinture, on peut contempler un sabre dans son fourreau. Ses hautes bottes de cuir sont de circonstance et il bougonne sans façon.

– Vous devez bien y être habitué, mon ami, ce n'est pas comme si vous n'étiez ici que depuis quelques mois, reprends le vieil homme.

– J'en conviens ! Mais, il n'y a qu'un Breton pour dire qu'il aime cette pluie d'automne. Mon amour de l'endroit ne me rend pas aussi sot.

– Allons, nous savons que notre Mère nous protège avec cette pluie. Nous devons nous montrer reconnaissant de ses bienfaits !

Le militaire sursaute et le fixe d'un air ahuri.

– Voici que vous parlez comme les curés maintenant ! Il me semble pourtant qu'ils ne vous portent pas dans leur cœur.

– Je ne peux leurs en vouloir à ne pas voir ce qui est et de croire en autre chose. Finalement, nous ne sommes guère différents les uns des autres. L'ovate est en osmose avec notre Déesse-mère. Il parle avec ses enfants quel qu'ils soient. Le curé se sent en osmose avec son Dieu qu'il sert avec la même abnégation. Croire est une grande qualité.

– Je crois que vous êtes fou, mon ami. Ils ont tout de même cherché à faire disparaître vos croyances et pour autant, vous me dites que vous ne leur en voulez pas.

L'ovate sourit tranquillement. Il joue, de ses doigts décharnés avec sa ceinture.

– Vous avez appris de moi notre médecine et j'ai appris de vous la vôtre. Certains prêtres m'ont également enseigné leurs connaissances sur les plantes. De plus, ils n'ont pas su éteindre notre croyance.

Le militaire approuve d'un signe de la tête. Tous deux fixent les tombes qui les entourent. Le froid ne semble pas les déranger plus que ça.

– Je me dis que nous avons fait de grandes choses pour l'Humanité. Pour autant, l'Homme a-t-il compris qu'il ne faut pas courir après l'éternité ? J'ai expliqué comment réduire les fractures sur les champs de bataille. J'ai montré les gestes d'hygiène qui pouvaient sauver une vie. Et aujourd'hui, je les regarde qui se jouent de la mort, qui cherchent à tout prix à devenir éternel. Et s'il n'y avait que cela !

Le vieil homme se voûte un instant. Ses yeux se voilent d'une douleur insondable et d'une voix accablée, il répond.

– Ils n'ont rien appris de leurs erreurs. Ils ne pensent qu'à leur gloire, à l'argent, alors que tout cela disparaîtra à leur mort. Ils veulent la jeunesse et la vie éternelle. Ils n'ont pas la sagesse d'aimer ce qu'ils ont. Ils courent après des chimères et laissent un monde en sursis à leurs enfants.

– On croyait, on aimait la vie ! Ils gâchent la leur et l'on ne peut rien leur dire.

– Allons mon ami ! Il faut croire en ceux qui reprennent les choses en main, en ceux qui se souviennent que l'on peut soigner l'autre sans attendre d'écus. Que l'on peut aider sans attendre quoi que ce soit. Que l'on se doit de parler à notre Mère et respecter ses enfants, ainsi que les forces qui l'accompagnent. Ne perdons pas espoir !

Le militaire fait une étrange moue en fixant son compère.

– N'avons-nous pas fait l'erreur de leur offrir un peu plus de vie ? Au point qu'ils ne sachent plus la voir comme un cadeau ?

– Bégin, voyons ! Vous avez sauvé des soldats, des fils, des maris ! le regretteriez-vous ?

Outré, le chirurgien de Napoléon se redresse. Comment pourrait-il regretter ce qui fut la mission de toute sa vie ? Son besoin de sauver ceux qui se battaient, de les rendre à leur famille. Bien sûr que tout n'est pas parfait, mais jamais ô grand jamais, il ne regretterait. L'ovate soulève son sourcil et lui sourit.

– Vous voyez !

Au même instant, une voix se fait entendre juste au pied de l'église. Un homme en robe de prêtre, au fort accent irlandais, les appelle.

– Bégin ! Mewan ! Il est temps de rentrer... vous referez le monde une autre fois. Vous avez pour le faire, l'éternité, à n'en pas douter !

Saint-Ronan éclate de rire avant de passer à travers le mur de l'église. Le chirurgien Louis Jacques Bégin et Mewan, ovate en d'autres temps, se fixent puis dans un sourire complice :

– Nous n'avons plus qu'à nous retrouver ici demain. Je m'ennuie à Paris, déclare le militaire avec un petit rire.

– Ce sera avec plaisir, mon vieil ami. Et croyez en la nouvelle génération !

Ils se serrent la main et sous la pluie, alors que la lune parvient difficilement à se montrer, ils se dématérialisent lentement. Un rayon de l'astre fait alors apparaître derrière la corneille, une femme vêtue d'une saie verte, protégée d'une cape sombre. Sa chevelure auburn frise sous l'humidité, son étrange regard vert s'allume taquin. Elle les contemple avec tendresse et respect. Son petit sourire en coin montre d'elle une douceur et une envie de beauté qui guide sa vie.

– Oui, croyez en nous ! Les choses changent. Nous nous réveillons !

La photo cornée

Les marches, vieilles de plus de cent ans, craquent sous les pieds des enfants qui courent en tous sens. Le souffle du vent venu de la mer hurle à tue-tête. L'hiver s'est installé en pays Morvan. Pourtant, personne ne semble inquiet, comme si rien ne pouvait arriver. Les arbres, que l'on aperçoit à travers les fenêtres de la longère, plient sous la puissance des rafales. Point de pluie pour l'instant : notre Mère trouve qu'il n'y a pas de raison d'arroser bois et champs.

Je descends lentement l'escalier, une mystérieuse boîte dans les mains. Peut-être recèle-t-elle des secrets bien gardés ? Un dragon orne le couvercle comme pour dire « je suis le gardien du passé ». Les enfants l'ont découverte dans le grenier, au milieu d'un bric-à-brac sans nom. Il n'y a pas plus vaillant petits explorateurs que ceux qui s'ennuient dans une maison lorsque le temps est maussade.

La boîte est couverte de poussière. Ses couleurs ont passé, devenues pastel avec le temps. La petite troupe d'explorateurs, excitée, trépigne d'impatience dans le hall. Je crois que je ne vais pas assez vite pour eux. Mon amusement est grand. Ils sont certains que je détiens le plus beau trésor qui soit. J'entends la voix de mon compagnon appeler d'un ton bougon la tendre marmaille. Il râle et m'arrache un rire taquin en voyant les enfants le rejoindre. Un malouin est un homme bourru et dur pour ceux qui ignorent le diamant que cache cette façade.

Un sourire aux lèvres, ma boîte à trésors sous le bras, je les rejoins dans la grande pièce à vivre. La cheminée accueille un feu réconfortant. Son crépitement accompagne divinement la tempête qui fait rage. Sur la table basse, des tasses de café brûlant et quelques douceurs pour les enfants. Les fêtes de fin d'année ont quelque chose de magique lorsqu'on prend le temps d'apprécier le peu que l'on possède. Mon fauteuil en cuir fauve attend que je me blottisse entre ses bras. C'est un compagnon fidèle qui supporte stoïquement les petits fessiers qui s'installent sur les accoudoirs. Les abeilles bourdonnent à mes oreilles, impatientes de découvrir ce qui se trouve entre mes mains.

Avec délicatesse, je soulève le couvercle, aussi impatiente qu'elles, mais n'en trahissant aucun signe. Dans un silence quasi religieux, on se laisse imprégner par les émotions qui nous envahissent. Les enfants poussent des cris de joie en voyant notre bon *Gwen ha du* (drapeau Breton) soigneusement plié. On le retire et là... moult souvenirs reviennent en mémoire. Les chaussons bleus brodés que j'ai confectionnés avec patience et amour pour la première de nos filles, enveloppés dans un papier de soie afin de les protéger du temps. La première flûte bretonne en corne de notre grand – qui voulait jouer des airs celtes afin de séduire les filles – s'y trouve également. Mon cœur se remplit d'amour pendant que les enfants s'extasient.

Soudain, je reste interdite. Dans la boîte ; une photo. J'avais oublié où je l'avais rangée. Elle est cornée, voire légèrement abîmée. Elle est pourtant bien conservée, mais le temps est un ennemi tenace et, insidieusement, il l'a décolorée. Une façon de nous rappeler sans doute que les choses matérielles n'ont rien d'éternel. Aucune véritable importance.

Les visages autour de moi s'illuminent en voyant le regard pétillant de malice de la mariée. Son visage est presque juvénile tant il exprime le bonheur. La douce est coiffée d'un noble voile à la blancheur virginale, parsemé de perles en nacre et d'éclats de cristal. La jeune femme adresse un sourire enchanteur à l'homme qui se tient à ses côtés. Les enfants s'extasient devant le port royal du marié. Son regard brûle de tendresse. Une complicité indéniable les lie. Ils n'ont que trente ans et sont remplis d'espoir. Ils se projettent dans l'avenir.

Je les regarde et ne peux m'empêcher de secouer la tête. Ils sont jeunes, prisonniers de leur bulle. Ma main ridée caresse cette photo cornée, lorsque sans prévenir, le regard taquin, l'homme du cliché glisse sa main sur la mienne. Mon sourire se fait complice... Oui, nous avons créé notre avenir, seconde après seconde, savourant les instants présents.

Nous refermons alors la boîte, emmenant nos petits-enfants dans notre sillage pour retrouver leurs parents dans de grands éclats de rire.

Hommage

Il existe des hommes qui vous marquent à jamais. Des êtres à l'humanité profonde qui par leurs actes deviennent figures de proue. Ce sont parfois des âmes discrètes, à l'écoute facile, ou des esprits libres, qui mettent en avant leur valeur et amour des autres.

Vous n'en croiserez peut-être jamais. À moins que vous ne compreniez trop tard qui ils étaient.

Dans une commune du Morbihan, que dis-je, dans une petite cité de caractère, l'un de ces êtres a vu le jour. On peut lui trouver myriade de défauts, mais il avait pour sa commune l'immensité de son amour. Parler avec lui, c'était ouvrir un livre d'Histoire. Les rois morvan reprenaient vie. Ils vous éblouissaient par leurs intrigues et leurs folies du pouvoir. Voir cet homme se promener dans Guémené-sur-scorff n'était jamais anodin. Il était comme un tendre gardien, essayant tant bien que mal, de prendre soin des siens.

Il se battait avec panache pour défendre les droits de ses administrés. Il était homme que l'on écoutait. Même la belle Marianne l'en a félicité. Mon sourire se fait tendre aux souvenirs des discussions partagées, et parfois, il faut l'avouer, bien animées. Il refaisait le monde chaque fois qu'il le pouvait. Homme de lettres, il me subjuguait.

Parfois, deux générations s'affrontaient, mais il avait tout mon respect. Impossible d'être d'accord sur tout, la féministe anarchiste face à lui se rebellait, et pourtant, en politique il me fit entrer. Le voir parler à chacun dès qu'il le pouvait, écrire ses pièces de théâtre que tant de guémenois ont pu jouer et à le voir si investi, je ne pouvais que l'admirer. J'aurais voulu qu'il me raconte encore les légendes, les batailles, les souffrances de son pays Pourlet adoré, du temps où il était encore rattaché à Saint-Malo.

Un homme de parole qui me rappelait un autre, que j'adore depuis tant d'années. Ne m'en veuillez pas, mais j'ai vu en vous l'abnégation et la passion d'un autre grand homme, politicien et écrivain, un Victor Hugo revenu parmi les siens. Je vous entends pouffer de rire, vous communiste au plus profond de votre âme. Si vous saviez combien il manque d'hommes et de femmes comme vous...

Aujourd'hui, je me promène dans votre tendre cité et je vous y vois, avec votre regard amusé, votre cigarette au coin des lèvres. Vous portez votre long manteau gris. Vos lunettes sont vissées sur votre nez. Je vous vois près de vos remparts que vous m'aviez fait découvrir, caressant votre barbe presque blanche.

Le jour de votre départ, des larmes en secret se sont mises à couler. Guémené perdait un être à l'esprit acéré, une âme passionnée, que personne ne pourra remplacer... Mais j'aime à croire que vous êtes resté nous hanter.

Merci Beaucoup
Trugarez vras

Livres de cette auteure

Rêves D'enfants

Recueil de poésie pour la famille avec des pages blanches pour dessiner et illustrer

Sapin-Lilas (Editions 7e ciel)

Novella de 88 pages.

Une mère et ses jumeaux devant les belles vitrines des grands magasins à Paris. La détresse d'une mère qui travaille et ne peut rien offrir à ses petits... rien... sauf... la dignité.

La boîte aux livres

Conte ce noël avec dessins à compléter et colorier. Une petite fille découvre la magie des livres.

Jeux Coquins

Recueil de nouvelles érotiques.

Un journal que partage une amante à son compagnon alors que la distance les sépare. Des jeux de rôles, des fantasmes, mais surtout l'envie de le séduire par ses mots.

Au sujet de l'auteure

Mère de famille de quatre enfants, Alvyane Kermoal est née en automne 1970. Son premier livre classique lui fut offert pour ses huit ans. Les bibliothèques devinrent très vite ses meilleures amies, et la création, sa raison d'exister.

Alvyane peint, dessine, et écrit ; de la poésie, des nouvelles et des contes, et elle ne manque ni de mots ni de talent pour exprimer ce qu'elle a dans le cœur ou dans la tête. Les mondes qu'elle arpente depuis sa plus tendre enfance prennent vie sur le papier ; ainsi naissent ses merveilleux textes.

Vous pouvez la retrouver sur les réseaux sociaux.